我的吸血鬼同學

番外篇 I
九尾狐妻是我的

創作繪畫·余遠鍠　　　　故事文字·陳四月

目錄

迦南

擁有金黃魔力的人類少女。好奇心重，領悟力強，平易近人的她曾被黑暗勢力封印起她的魔力，是九頭蛇想捉拿的人。

四葉

來自東方學園的九尾妖狐少女。活潑好動而且十分熱情的她和卡爾有婚約在身。和迦南一樣，四葉也擁有金黃魔力。

卡爾

胃口極大的人狼。是學園小食部常客，身材健碩，熱愛跑步，經常遲到的他和安德魯自小已認識。

約娜

吸血鬼皇的女兒，也是阿諾特的親生妹妹。對魔法的天分和興趣甚高，但被阿諾特反對學習魔法。視安德魯為青梅竹馬的哥哥。

狸太郎

四葉的青梅竹馬，年紀輕輕已幻術了得，是族中寄予厚望的後起之秀。

狸百萬

狸貓一族的族長，平常總是笑臉迎人，但為了保衛族人不惜犧牲一切。

狸二郎

狸太郎的二弟，勇敢善良，視兄長為榜樣。

狸花

狸太郎的三妹，膽小易哭，和妹妹形影不離。

狸雪

狸太郎的四妹，常常撒嬌，最喜歡大哥撫摸她的頭顱。

◆第一章◆
來自東方的信

「捉住他們！」森林之內，大批肚腩圓圓的狸貓武士在樹枝上飛躍，他們正在追捕入侵者。

「卡爾，你能跑快一點嗎？他們快追上來了！」大狼卡爾的背上坐著兩個少女，一個是正以**魔法光箭**向後還擊的迦南。

「這森林到底還有多少狸貓……怎麼去到每一處都有人看守的？」大狼卡爾遙望遠方金壁輝煌的東方高塔，那裡有他必須拯救的公主。

但除了後面的追兵，前方整齊排列的弓箭隊已瞄準卡爾等人。

「**靜止魔法**，統統給我停下來！」幸好卡爾背上另一個少女雖然年紀輕輕，但身手不凡，把敵人的動作全部靜止下來。

「幹得好！約娜、迦南，我要一口氣衝去那高塔，你們坐穩了！」阿諾特的妹妹吸血鬼約娜立下大功，卡爾決定**全速前進**。

這三人小隊不惜以身犯險入侵東方領土，因為他們重要的朋友身處這高塔之內，若他們無法帶她離開，卡爾可能會永遠失去他重要的人——**九尾狐四葉**。

到底他們之間發生了什麼事情？為何要拯救四葉？就要從數日前發送到宿舍的一封信說起。

魔幻學園自創校以來，便分為東方學園和西方學園。兩個學園雖然相隔不遠，但分隔它們的**圍牆**不只是為學園而設，更是東方妖魔和西方妖魔領土的分隔線。

　　西方妖魔的領土主要是獅子王阿瑟統治，由不同種族聯盟組成的魔幻王國。

　　但東方妖魔的情況就截然不同，強大的妖魔自立為王，他們都不願屈服於他人，各自組成三個勢力強大的國家，把東方領土三分天下。

　　另外有些實力超群的妖魔種族沒有歸順於這三大國，他們不想捲入戰爭，享受自由和平的生活，例如九尾狐四葉所屬的妖狐族。

　　「四葉，有隻**紙鶴**一直在啄窗戶玻璃呢。」雖然是假期，但迦南早已起床。

自從安德魯失蹤之後，迦南未有一覺能安睡，雖然她積極安慰大家安德魯一定還活著，但外界到現在還是一點消息也找不到，他到底是生是死，根本沒有人知曉。

　　「唔……紙鷂？」和迦南同住宿舍房間的四葉還不願起床。

　　「嗯，紙鷂上充滿著魔力呢。」迦南打開窗戶，紙鷂直飛到四葉額頭上才降落。

　　「唉呀！好痛……好痛！」傳信鶴把賴床的四葉啄醒了。

　　「**傳信鷂**？是誰寄給我的？」西方的傳信方法是以魔法信紙摺成的紙飛機，而東方採用的方法就是以符咒摺成的傳信鶴。

　　本來還睡眼惺忪的四葉在拆開傳信鶴觀看內容之後，氣得**大聲叫嚷**起來。

　　四葉的呼喊聲把宿舍內所有同學也吵醒，不知道的人還以為有敵人來襲。

　　氣憤的四葉換上便服後便一個人衝出宿舍，其他人全部都反應不及，包括肚子正咕咕作響的人狼卡爾。

　　西方學園校長室內，東西兩學園的校長正在下棋聊天，享受和平清靜的美好日子。

　　「**將軍**！麒麟校長，你沒棋了！」巴哈姆特說。

　　「是因為解決了黑魔法派嗎？你今天的狀態很好呢！」麒麟校長甘拜下風。

「那是一班勇敢的年輕人的功勞，雖然黑魔法派的餘黨還存在，但我相信和平的日子不會輕易被打破。」海德拉下落雖未明，但黑魔法派勢力已被**全數瓦解**，巴哈姆特如釋重負。

　　「可是東方的戰局還是很不樂觀呢，各國為增強勢力不斷侵略，害不願意歸順的種族受苦了。」東方學園的校長也為東方的政局不穩感到頭痛。

　　「和平……確實得來不易。」巴哈姆特想起在皇城之戰中的眾多死難者，包括他最欣賞的舊生──吸血鬼安古蘭。

　　「太過份了！誰也沒有詢問我的意見，就安排我的婚姻大事！而且信上竟有校長你們的簽名！」憤怒的四葉踢開大門說。

　　「因為……學生要通過邊境大門，要我倆簽名嘛，而且你的父母希望你盡快回東方。」

巴哈姆特被兇巴巴的四葉嚇了一跳。

　　事情的起源是四葉的父母，即是妖狐族的領袖，見卡爾和四葉的婚事一點進展也沒有，適逢東方另一妖魔世家提出婚事，於是她的父母便一口答應，將四葉**另嫁他人**，並安排她盡快回東方拜見未來丈夫和親家。

不！我不去，我和卡爾發展得很好呀，我不要嫁給別人！

　　四葉和卡爾的婚事雖然是父母安排，但四葉早已對卡爾有好感，相處過後更對這貪吃的人狼十分滿意。

唔……我明白你的意思，但我認為你最好還是去拜訪一下，親自回絕比較妥當，畢竟妖狐族和對方，都是東方的名門望族。

　　麒麟校長不想婚事影響兩個家族的友好關係，特別是他們都不屬於三大國家，是站在和平一方的大家族。

　　「不去！不去不去不去！」四葉覺得自己不受尊重，大人們未經她同意就擅自安排她的未來，這是她不喜歡的事情。

　　四葉雖然抗拒這新的婚約，但其實提出這婚事的妖魔她並不陌生，反而是她曾經十分熟悉，**關係密切**的人。

12

◆第二章◆
離家出走

西方學園的教職員宿舍內，迦南正在認真打掃，安德魯失蹤加上安古蘭戰死沙場，留下的安潔莉娜痛不欲生，全靠迦南和玥華的開導和照顧，她才沒有。她抓著一絲希望，相信兒子一定尚在人間，一定會安然回到學園。

「伯母，你不能天天窩在家中呀，要出外散步呼吸新鮮空氣，身體才健康的。」把床單被鋪摺疊好的迦南說。

「這丫頭在家從來不做家務的，現在這乖巧的模樣實在令我懷疑她是不是我女兒。」玥華泡好花茶和安潔莉娜分享。

「這段日子她每天也來照顧我，我感覺像多了一個女兒呢。」安潔莉娜報以微笑。

「你不用跟我客氣，有需要幫忙的話，儘管告訴我吧。」迦南說。

「迦南，你不用……」安潔莉娜感到不好意思。

「你就好好接受她的心意吧，你現在最重要的任務是養好身體，不然安德魯回來時會怪責我們的。」玥華明白女兒的心思，現在支撐安潔莉娜活下去的理由，是安德魯還活著。

「媽媽……被**黑洞魔法**吸去的地方，到底是怎樣的？」離開教職員宿舍後，迦南垂下頭問。

「不知道……法蘭和你爸爸正在研究，但由於黑洞魔法是安古蘭自創的特別魔法，很少人對此有深入認識。」玥華沒有告訴迦南一件事，吸進黑洞的過程中，身體會承受如被五馬分屍的**強大引力**，所以從來沒有被捲入黑洞魔法還能活著的人。

「我知道他一定還活著的，他是守信用的人，他叫我等他回來，所以他一定還好好的。」迦南已把同樣的話說過無數次，現在她再次重複說著，臉上卻早已木無表情。

隨著日子一天一天過去，迦南便愈來愈難說服自己。而跟迦南一樣自我安慰，說著類似話語的人還有一個，就是正呆坐在另一宿舍屋頂的吸血鬼約娜。

晚飯時間，除了已回家鄉的同學如愛莉、米露和美杜莎外，大家也齊集在宿舍飯廳共晉晚餐，四葉從回到宿舍開始就不停抱怨父母的安排，說她會堅決拒絕這紙**新婚約**。

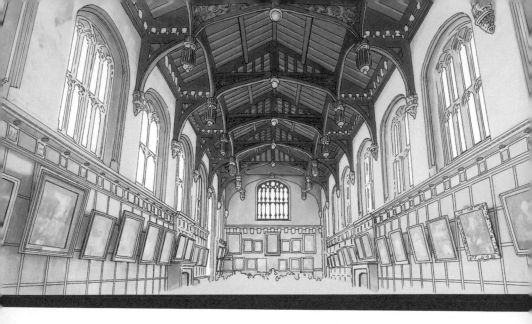

「氣死我了！」四葉氣得吃不下晚飯。

「這安排的確不合理，但為什麼你的父母會認為你不滿意原來的婚約呢？」迦南問。

「還不是因為我的**笨蛋未婚夫**，一次也未曾拜訪我的老家，和我的父母打招呼。」四葉瞪著卡爾說。

「為什麼要專程去那麼遠的地方？寄信不行嗎？」卡爾未曾踏足過東方妖魔的領土，東西兩方發生過不少衝突，大部分妖魔也不敢貿然踏足對方的領土。

但你連一封信也沒有寫過。

那卡爾你就不對了，畢竟對方把女兒的幸福交托給你，無論是喜歡或不喜歡，都應該問候一下四葉的父母。

離鄉別井的迦南明白四葉和她父母的感受。

我沒有想那麼多啊，大不了吃完晚飯再寫吧。

吃完晚飯你又會去跑步，跑完洗澡後又會來找我煮消夜給你吃，你以為我沒有提醒過你是時候拜會我的父母嗎？

四葉愈想愈生氣，父母會以為她不滿意婚約而另作安排亦似不無道理。

　　「都說待會寫嘛，你就不要再發牢騷了。」卡爾大口把晚飯吃完，想盡快迴避四葉充滿怒火的目光。

　　「**我發牢騷？**你就只有肚餓時才記得我，才覺得我重要，你當我是你的消夜廚師嗎？」四葉不放過想逃避的人狼。

　　「你不喜歡煮可以不煮呀，我吃生果也行的，別說得像我強迫你似的！」卡爾老羞成怒，大聲和四葉吵架起來。

　　「啊！即是你沒有我在身邊也沒所謂？我嫁給別人也沒所謂？是我強迫你接受這婚約的？」卡爾的反駁把四葉氣得**火冒三丈**。

　　「我想卡爾不是這意思……」迦南想調解情緒愈來愈高漲的兩人。

「啊！**你想嫁給誰就嫁呀**，我不會強迫你留下！」肌肉發達而頭腦簡單的卡爾，不了解少女心事，說話也沒有經過大腦思考。

「好！那我就回去東方！我情願嫁給主動向我家人提親的人，也不會勉強不在乎我的人去做我夫君。」卡爾的話傷害了四葉的心，心急氣憤的兩人都說了過份的話。

衝口而出的說話，可以在對方心靈留下永久的傷痕，而帶來的傷害未必可以復原，受破壞的關係也不一定能修補。

氣沖沖的四葉跑回房間執拾行李，不理迦南的勸阻，直接走出宿舍的大門。

「卡爾……你怎能讓四葉就此離開？快去追她，向她道歉吧。」迦南心想要是這時候安德魯在身邊就好。

「她喜歡去哪裡是她的個人自由，我才不會向**蠻不講理**的人道歉。」卡爾一意孤行，獨個兒離開宿舍跑步。

要是安德魯在，起碼他和迦南能各自開解一人，待他們平復後再安排和解場合。但安德魯不在了，最友好的幾個同學又不在學園，從人界轉學而來的迦南首次在學園感覺到寂寞。

迦南追出宿舍，但四葉步速太快，迦南已經看不到離家出走的四葉的身影。找不到四葉，卻發現在另一宿舍的屋頂上，約娜又再獨自呆坐。

「不介意我也坐下來嗎?」迦南騎飛行掃帚到屋頂問。

約娜沒有回答,對於仰慕著安德魯的她來說,迦南是**情敵一般**的存在。

「怎麼一個人在這裡發呆呀?」但正因仰慕著同一個男生,迦南明白約娜現在的心情。

「如果那天我也跟著上戰場,或者我就能用靜止魔法停止海德拉的攻擊,安德魯哥哥就不會被吸入黑洞。」約娜後悔沒有參與這場戰役,校長和老師本來就不建議年輕的學生接觸危險的任務。

「那是沒人能預計的狀況呀,你不用責怪自己,而且安德魯只是暫時失蹤,我們要相信他,相信他一定會平安回來。」就像照顧安德

魯的媽媽，迦南願意照顧多一個像他妹妹般的女生。

「哥哥也說……安德魯哥哥一定還在生。」約娜說。

「阿諾特？」黑炎吸血王子因為在皇城之戰中發揮了很大作用，所以國王赦免他所犯過的罪行。

「嗯，他說安德魯哥哥在和他**決一高下**之前絕對不會死在其他人手上。」約娜一直認為安德魯和阿諾特並不像表面般憎恨對方。

「說得對……而且他還有很多說話未對我說。」迦南感覺在孤獨和寂寞中找到了援軍。

「說話？什麼說話？」約娜問。

「沒……沒什麼特別的事情。」迦南**強顏微笑**著說。

仰慕著相同的人，同時擁有著相同傷痛，迦南和約娜懂得對方的心情，她們都只能默默等待，等待安德魯的消息，等待安德魯回來。

經歷過一晚沒有消夜吃，再加上早餐只有學園提供的麵包，卡爾開始察覺原來自己已習慣四葉在身邊，習慣**體貼**的她為自己做飯，習慣**活潑**的她從早到晚吵吵鬧鬧，但四葉從昨晚起就再沒有回宿舍。

無論是人類還是妖魔，都總是在經歷失去才發覺那人或物的重要。

「別看著我，我不會烹飪的。」

迦南板起臉對卡爾說。

「我……才不是想起四葉，但是……她昨晚沒有回宿舍嗎？」卡爾其實在宿舍大門坐了整晚，只是他等待了沒多久就睡著了。

「沒有，我待會會去教員室問一下她的去向，希望她還在學園內吧。」迦南冷淡地說。

「啊……我剛巧有事情要去教員室呢。」卡爾開始反省自己昨晚的表現。

四葉來到西方學園後，從來沒有要求卡爾為她做什麼，但自己卻從四葉身上得到了許多。

教員室內，迦南和卡爾很快知道四葉去了哪裡，玥華老師昨晚見過四葉，四葉哭訴著應邀更改婚約，而且昨晚已經出發去提出婚約者所在的地方。

「卡爾你到底說了什麼，我從未見過四葉哭得這麼厲害，她還說要退學，永遠不回魔幻學園。」玥華皺著眉說。

「永遠……不回來嗎？」卡爾現在才發覺事態嚴重。

「你這次真的令四葉生氣了，我們快追她回來吧。」迦南想不到四葉會如此激動，以為她消氣後會主動回來。

「我也覺得不該讓她就此退學，所以準備了三人份的東方通行證，但我和其他老師也有重要的事辦，你們有信心能帶她回來嗎？」玥華知道**解鈴還需繫鈴人**，除了卡爾外沒有人能說服四葉回來。

我去帶她回來，
就算她最後不肯跟
我回來，我也還有
話要好好跟她說。

卡爾露出難過的表情，他總會以為四葉在身邊是理所當然的事。

　　「我們去帶小公主回來吧。」迦南輕拍卡爾肩膀，卡爾想念的對象只是分隔在遠方，比起迦南想念著**生死未卜**的人，已經幸福得多。

　　「還有一張通行證啊，應該帶誰去好呢？」雖然此行並非去遠足，但正所謂人多好辦事，卡爾覺得多一個人陪同比少一個人好。

　　「呀，我想到帶誰一起去好呢！」迦南靈機一觸，想到還有一個需要轉換環境散心的孩子。

　　距離東方學園後不遠之處，有一個不會被戰火波及的和平地帶，那裡豎立着一幢東方寶塔。

寶塔位於城鎮中央，而城鎮外圍是廣闊而且種滿各式果樹的森林，那裡就是「萬象森林」，穿過森林就能進入「萬象城」，而在中央的寶塔就是城主和重要人物居住的「萬象寶塔」。

　　「拜見城主。」妖狐四葉正身處寶塔頂層，和提親的一族之主見面。

　　萬象城是東方妖魔狸貓一族的領土，狸貓和妖狐族同樣是歷史悠久、東方有名的妖魔世家，這門婚事絕對是門當戶對，會得到大量東方妖魔祝福的盛大喜事。

　　「四葉真有禮貌，多年不見現在已成長得**婷婷玉立**了。」狸貓族族主是體型龐大，個子圓圓的大狸貓──狸百萬。

　　狸貓族大多數也長得圓圓胖胖，而且他們自古以來已是富有的一族，所以寶塔建築金碧輝煌，族中要員穿金戴銀，**一身貴氣**。

「城主太過獎了，小女還有很多不足的地方。」妖狐族是女權主導的一族，每一任族主都是女性，現今的族主正是四葉的母親——玉藻，四葉的父親則沈默地待在妻子旁邊。

「城主，爸爸媽媽，我從西方學園來這裡其實是為了**拒絕這婚事**的，我本已和人狼族有婚約在先，而且我和未婚夫卡爾亦相處融洽，我沒有改嫁別人的打算。」四葉不敢把和卡爾的衝突告訴長輩，她突然離開，其實是想盡快解決這婚事。

「啊，但你連向你提親的人也未見一面，這麼快就拒絕嗎？」狸百萬揮一揮手，侍從拉開門讓兒子入內。

「不用了，我和狸太郎自小就認識對方……」四葉話未說完，後方的狸太郎已站在她身邊。

「四葉，很久不見了。」**眉清目秀**、身材偏瘦但肌肉分明，穿著薄身長袍留著飄逸長髮的他，有如少女漫畫中的貴族公子。

「好帥氣！肥仔太郎何時變成這樣的美男子了？」四葉大為震驚，昔日的胖子如今竟成了**花樣美男**。

妖狐和狸貓同樣是東方的法術專家，前者以強大攻擊力的狐火法術名震天下，後者最擅長的，則是如幻似真的變化術。

第四章

狸貓與九尾狐

分隔東西學園的圍牆之外，卡爾、迦南和約娜正把通行證交給牛頭守門人和馬面守門人，如沒有經他們同意就踏入東方領土，會被視為**非法偷渡客**而被追捕。

「你們是西方學園的學生？前往萬象城所為何事呢？」牛頭守門人問。

「是因為……」雖然有通行證，但迦南他們也需要說出理由。

「因為我把未婚妻氣走了，我現在很趕時間，我必須要在她改嫁給別人前把話說清楚。」卡爾直言不諱，眼神**無比堅定**。

「是為了喜歡的女孩子而前往未曾踏足的東方嗎？」馬面守門人問。

「是的，沒有她在身邊感覺很不自在，我

要去哄她回來。」卡爾誠實回答。

「哈哈！好小子，是**男子漢**便應該坦白自己的心意，進去吧！」牛頭守門人欣賞卡爾。

「東方妖魔很多都對西方妖魔抱有敵意，你們要小心行事。最後，我祝願你的愛情能開花結果。」馬面守門人喜歡卡爾爽快直率的性格。

牛頭和馬面守門人各拉扯左右兩條粗長的鐵鏈，圍牆鐵門從下而上升起。

「想不到你是這麼肉麻的人狼……」約娜聽到卡爾的說話，**毛管豎立**起來。

「如果卡爾你一早把這些話告訴四葉，她就不會離家出走了。」迦南說。

「四葉有自己的自由，若果她真心想要取消婚約，我不會阻攔，只是我不能什麼也不說清楚，就眼白白由她離開。」卡爾很少去想兒女私情，因為他滿腦子都是吃和鍛煉。

追求力量的卡爾雖是人狼，是天生的戰鬥民族，但對家庭和家人，他們有自己的一套看法。

　　萬象寶塔內，四葉和狸太郎久別重逢，兩人其實是青梅竹馬的舊友，雖然多年沒有見面，但四葉想不到狸太郎的轉變會這麼大。

　　「我是在發夢嗎？那個常被取笑欺負的肥仔太郎怎麼變了另一個人似的。」四葉環繞著狸太郎**上下打量**，用鼻子嗅他的氣味，以確認眼前的是她的兒時玩伴。

「你別這樣啦……長輩們在看著的。」感到害羞的，反而是樣子俊秀的狸太郎。

「呵呵，我們還有事情要回妖狐山莊處理，就不阻這對年輕人重新認識一下啦。」四葉的母親很滿意狸太郎作為她的未來女婿。

「要不要更改婚約就由四葉你自己決定吧，再會了。」四葉的父親覺得只要女兒喜歡，女婿是人狼還是狸貓也無所謂。

「我送兩位離開吧，狸太郎你要好好照顧四葉啊。」狸百萬覺得事情發展正如他所預期。

長輩們離開後，寬闊的空間就只餘下四葉和狸太郎兩人，四葉對舊友的轉變十分好奇，同時也有**數之不盡**的有趣經歷想和狸太郎分享。

「嘩，真的不敢想像，短短幾年間你竟然轉變這麼大。」四葉應狸太郎邀請在萬象寶塔一同漫步。

「幾年之間，有很多事情也轉變了，倒是你和以前一樣熱情開朗呢。」狸太郎微笑著引領四葉。

　　狸太郎和四葉是在小妖學府讀書時認識的，小妖學府相等於人界的小學，小妖狐四葉在那時候已經是**風頭人物**，好動的她喜歡**抱打不平**，那時候不少男妖魔也被她打得落花流水。

　　而當時的狸太郎是個圓圓的小胖子，老是被個子高大的學生欺負，引起了四葉的關注。

你可以不傷害他們，也能令他們不敢欺負你呀。

怎樣做？

「**以狸貓最擅長的方式。**」四葉拾起一塊樹葉交到狸太郎手上。

隔天開始，狸太郎不再需要四葉保護，因為沒有人敢再欺負他。

「媽呀！好可怕呀！」壞小孩們嚇得雞飛狗跳。

狸貓一族能把樹葉變化成任何他想要的東西，那不只是普通的變化法術，而是附帶催眠效果，就算明知是變出來的，卻真實得難以分辨。

「幹得好！這樣才不枉你狸貓太子的身份嘛！」四葉拍手叫好，變化成猛虎的狸太郎，成功嚇跑欺負他的人。

謝謝你，四葉。

這時候的狸太郎已對四葉萌生好感。

我想吃冰棒，你能變冰棒出來嗎？

請慢用。

嘩！和真的一樣又凍又好味呢。

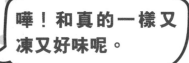

這是真的，我剛經過雪女姨姨的士多時買的。

狸太郎跟隨著四葉，他喜歡這表情多多的活潑女孩。

「哈哈！你這胖子真有意思，這肚腩是不是真的？讓我捏一下。」四葉笑著捉弄狸太郎。

「唉呀，是真的呀！」狸太郎害羞地說。

狸太郎以為這樣開心愉快的日子會長長久久，但不久之後四葉就開始去東方學園展開寄宿學校的生活，而狸太郎則依照**家族傳統**，留在萬象寶塔鑽研族中秘傳的變化法術。

本來未必再有機會重逢的兩人，現在以長大了的姿態站在萬象寶塔欣賞日落的美景，一個是妖狐族的公主，另一個是狸貓族的太子。

「四葉，那和你有婚約在先的人狼，待你還好嗎？」狸太郎終於進入正題。

「哈……那笨蛋除了吃之外，最擅長的就是惹我生氣，一點也不懂**少女心事**。」四葉說著，面帶幸福的笑容。

「既然如此……請你取消和他的婚約吧。」
狸太郎凝望著四葉。

「狸……狸太郎？」狸太郎牽起四葉的手。

「這次提親並不是因為父母希望，而是我
親自提出的。」狸太郎解開了四葉的疑慮，這
次婚事更改並非她父母擅作安排，而是狸太郎
的真心真意。

「我絕對會成為讓你每天也幸福快樂的丈夫，四葉，我喜歡……」狸太郎的深情告白被銅鑼鐘聲打斷了，萬象城內外也突然傳出警報聲響。

「發生什麼事了？」四葉看到城內穿著武士鎧甲的狸貓士兵們紛紛趕往萬象森林。

「這是入侵者出沒的警報，有人擅自闖入我族的領土。」狸太郎說。

突然出現的入侵者把城內**歡愉慶賀**的氣氛變得緊張起來，沒有加入三大國家的狸貓族和妖狐族均沒有後台撐腰，所以他們隨時隨地也要警戒外敵的侵略，而對他們來說，通婚結盟正是有利於免被侵犯的策略。

穿過了東西邊境踏入東方領土的卡爾、迦南和約娜**馬不停蹄**趕路，半天之內已到達萬象森林的入口，但要進入狸貓族的領土，必須先得到狸貓族的允許。

「西方學園的學生？你們到萬象城所為何事？」身穿武士鎧甲的胖胖狸貓士兵問。

「我的未婚妻快被人搶走了，你們別攔著我的去路好嗎？」愈是接近目的地，卡爾就愈來愈心急。

「未婚妻？狸貓的領土又怎會有人狼的未婚妻？」士兵覺得莫名其妙。

「**來者何人**？」個子小小的年輕狸貓來到森林門口，雖然年輕，但從他的服飾衣著可見他的身份地位較士兵高。

「二太子殿下，他們是魔幻學園的學生，這位人狼說他被搶走的未婚妻在萬象城內。」士兵尊稱小狸貓為二太子。

好小好可愛！

「人狼的未婚妻……啊！這家伙是來破壞大哥和四葉姐的婚事！是敵人！」二太子狸二郎想了一下，發現 **來者不善**，立即叫士兵們戒備。

「不不不！我們不是敵人，我有話要對四

葉說，說完我自然會離開。」卡爾搖搖頭說。

「講多無謂！這婚事不只關係我族存亡繁榮，還關係到大哥的終身幸福，人來！馬上捉拿這三人還押監房，待婚事結束才放他們離開。」狸二郎發號施令，胖胖的狸貓士兵們開始聚集起來。

「吓？我們不是壞人呀，你們誤會了。」迦南驚覺已被包圍，看著為數不少的胖狸貓們不知可怕還是可笑。

「為什麼我會被捲入這麼滑稽可笑的事件⋯⋯」約娜感到無奈。

「想阻攔我的話，別怪我對你們不客氣，人狼的胃口很大的！看我能吞下多少頭胖狸貓！」卡爾現出人狼姿態，張開大口有如童話故事中的大灰狼。

「好可怕！不要吃我，狸貓不好吃的！」狸貓們全都嚇得畏縮起來。

「這下子真的變成壞人了……」迦南頭痛著說。

「計劃成功，你們快騎在我背上。」為了節省時間，卡爾變身成大狼，讓少女們坐在背上。

「**這計劃有夠糟糕**，看，愈來愈多狸貓被驚動了。」約娜環顧四週，聽到狼嚎而聚集的士兵變得更多了。

「不能退縮……事關大哥的幸福，不能讓他們搞破壞！」狸二郎鼓起勇氣，小主人的表現令其他狸貓也不再抖顫。

「二哥，我們來支援了！」狸二郎的兩個妹妹——狸花和狸雪也帶同士兵助陣，三隻勇敢的小狸貓年紀，比卡爾的弟妹大不了多少。

「他們是大哥的敵人，不要讓他們接近萬象寶塔！」狸二郎說。

「原來四葉在那高塔，謝謝你告訴我啦！」卡爾少有地表現出聰明的一面。

但是要到達四葉所在的位置，除了要擺脫後方的追兵，還要越過萬象森林和萬象城。

萬象寶塔內，士兵向狸太郎稟報人狼出沒的消息，四葉聽到卡爾遠渡為她而來欣喜萬分，喜悅的表情讓狸太郎知道在四葉心中，有了**沒法取締**的人。

「傳令下去，擅自闖入我族領土者，格殺勿論。」狸太郎收起了溫柔的表情，眼神變得悲傷。

「狸太郎，他們是我的朋友呀，你怎能下令傷害他們的！」四葉激動地說。

我不想做出令你傷心難過的事，但我們的婚約事在必行，我不能讓任何人影響這關係我族存亡的事。

「我不明白，為什麼關乎**生死存亡**，我們是朋友，你有什麼困難可以和我商量呀！」四葉問。

狸太郎解除了週圍的變化法術，那些豪華的家具，**金雕玉砌**的擺設變回了樹葉。

本來我也不想欺騙你，四葉，我對你的心意是真的，但狸貓一族已不再是昔日繁華富貴的世家。

變化法術……

狸貓變化術強大得連一直身在其中的四葉亦絲毫不察覺。

「對，不只萬象寶塔，萬象城同樣已被洗劫一空，我的軍隊已所剩無幾，我的族人更過著貧困的生活，若然被三大國發現我族已沒有反抗能力，他們必定會大軍壓境，迫我族歸順……」狸太郎難過地說。

所以你們想和妖狐族結成同盟，這樣外界就不會懷疑狸貓族已變得外強中乾。

「我不想傷害別人，我族也不想參與戰爭，所以父王想出了以法術欺騙妖狐族通婚結盟的方法……對不起。」狸太郎不敢直視四葉。

「那你為何現在告訴我真相？」四葉察覺到狸太郎身上的魔力正在急升。

「因為從你剛才的笑容，我已知道無論我說不說謊，你也不會願意嫁給我……所以請你原諒我。」四葉聽到卡爾來找她時所露出的，是**幸福的笑容**，這是狸太郎無法靠變化法術得到的東西。

狸貓族只要有樹葉，就能變化出任何東西，現在這萬象寶塔內正有數之不盡的樹葉包圍著四葉。

「狸太郎……你到底想怎樣？」四葉已察覺氣氛不對勁，擺好架式準備迎戰狸太郎。

「為了我族的未來，我只好用強硬的手段娶你為妻。你放心吧，待婚禮結束之後，我一

定會好好待你，讓你成為世上最幸福的妻子。」
狸太郎隨手一揮，十數片樹葉變化成烏鴉飛撲
向四葉。

　　「想迫我就範？你認為我九尾狐四葉是好
欺負的嗎？」狐火在四葉的九條尾巴燃起，來
襲的烏鴉有如**燈蛾撲火**，自取滅亡。

　　「我真的不想傷害你，難道你不能就此乖
乖睡一覺嗎？」被燒毀的烏鴉化成閃爍的粉末，
狸太郎的變化法術千變萬化。

　　「催眠法術？妄想，**風華召來！**」藍色
符咒在手，四葉以強風法術破解催眠粉末。

　　「你以前最不擅長的就是搏擊，讓我看看
你有沒有進步吧！」四葉轉守為攻，在狸太郎
再施展變化法術前突進到他的眼前，連環飛腿
直迫狸太郎。

「**銅狸變化術**。」樹葉變化成的銅製大狸貓及時擋住四葉的踢腿。

「影狐變化術。」四葉想得沒錯，狸太郎不擅長近戰搏擊，但他能以變化法術解決這問題。

「這種踢腿……和我的一模一樣。」四葉的影子突然離開地面，以和她相似的動作從後向她施襲。

「九尾狐火奧義，**紅蓮綻放**！」狐火像紅色的蓮花盛開，四葉打算以這招破解銅狸和影狐的前後夾擊。

四葉的絕招的確把四週圍的東西燒毀掉，但由於消耗體力和魔力太大，待她回氣喘息之際，冷不防狸太郎已突然現身，把一個白色狐狸面具戴在她的臉上。

◆第六章◆
幻象中的真相

　　萬象森林之內，迦南和約娜騎在奔馳的大狼卡爾身上，卡爾在趕路之餘，不忘偷吃果樹上的美果。

　　「卡爾，不快點的話，我怕四葉會有危險，以我認識的四葉，是不會貿然改嫁給別人的，除非當中另有內情。」迦南不忍心傷害胖狸貓部隊，只好把魔法光箭射偏以取恐嚇之效用。

　　但是眾人已從狸貓士兵們的口中得知婚事即將進行，就算當四葉對新郎**一見鍾情**，也不急於馬上舉行婚事，這古怪的現狀讓迦南和卡爾也十分擔心。

　　「奇怪……這些果實明明很美味多汁，但我的肚子還是有一種空虛的感覺。」卡爾已經吃了不少果實，還是感覺到肚子空空如也。

「人狼！前面，看前面呀！」迦南守住後面，而前方的約娜看到不遠處萬象城門前已站著一排狸貓弓箭手。

「沒辦法了，**全速前進**！」卡爾一鼓作氣，無懼弓箭威脅勇往直前。

「來不及了。」約娜只好**閉上眼睛**，不想看著如雨落下的弓箭迎面而來。

但是事情超乎了約娜想像，弓箭阻擋不了他們的去路，大狼卡爾躍過了弓箭隊，成功進入萬象城。

「成功了嗎？卡爾你幹得真棒！」卡爾轉到小巷放下眾人，迦南顧慮著後方不知道剛才驚險的境況。

「人狼，過來給我看看。」約娜感到不妥，面對龐大的弓箭隊但是插在卡爾身上的弓箭卻只有一支。

「啊，真幸運呢，我剛才閉上眼睛一口氣跳過去是正確的。」卡爾滿意地說。

「你剛才閉上了眼睛？」約娜問。

「對呀，要看著一大排弓箭手再前進，你當我的膽子鐵做的嗎？」卡爾拔出插在肩上的弓箭扔在地上。

「莫非……」約娜拾起地上的弓箭，她看著箭後殘舊的羽毛，還有不是鋼鐵而是木製的箭頭，開始發覺存在於**幻象之中**的真相。

卡爾等人為了尋找四葉已深入萬象城，城內一片熱鬧氣氛，歌舞昇平，狸貓們在慶祝，為了今晚族中的大喜事**高歌熱舞**，因為狸貓太子將會在今晚迎娶妖狐公主，而兩個崇尚和平的大族群將會建立深厚的同盟關係。

萬象寶塔內，送別四葉父母離開的狸百萬回到塔頂，這時狸太郎已制服了四葉，戴著白狐狸面具的四葉對狸太郎唯命是從，因為這並非普通面具，而是擁有洗腦功效的法術道具。

　　「狸太郎，辛苦你了……要你對喜歡的女生使用這種手段，想必令你心痛萬分。」迫婚計劃的主謀回到他的王座，雖然這**金碧輝煌**的椅子是樹葉變成的偽品，但狸百萬是狸貓城主的身份，卻貨真價實。

　　「為了我族子民，這點犧牲是值得的。」狸太郎知道這樣強行迎娶四葉，四葉一輩子也不會原諒他，狸太郎犧牲了愛情來完成使命。

　　「**一切也只怪那班人類**……沒想到現在的人類比妖魔還狡猾。」狸百萬深感悔恨，以變化術瞞騙世人的狸貓反被人類欺騙。

　　一切只因狸貓們太輕視人類，沒有緊貼人類世界的變化，隨著時代變更人類已比過去聰

明得多，武器也精良得多，就連野心也龐大得多。

　　「我對你們的文化很有興趣，狸貓族的民族服裝、珠寶傢俬、精品擺設，我願意全數以高額買入。」從人界到訪的神秘商人身邊帶著數名人類保鑣，狸百萬看出他們受過專業訓練，散發有如公會獵人般的專業氣息。

　　狸百萬以為天降橫財，狡猾的他更在真品之中夾雜以樹葉變化的贗品，豈料這宗買賣並沒有為他帶來橫財，反而帶來橫禍。

　　商人和保鑣帶著大量卡車到萬象城，但他一分一毫也沒有交出，卡車內全是他的伏兵，他們一到達城內就開始搶掠，懶理寶物是真是假，統統搬上卡車，狸貓士兵還來不及作出反應已死傷枕藉、人財兩失。

　　「要怪只怪你貪得無厭，人類自古以來被你們騙去不少財產，現在只能說是報應到來。」

　　商人就此在東方魔幻世界消失，沒有人知道他的真正身份，狸百萬只知**元氣大傷**的狸貓族會成為三大國吞併的目標，要生存下去就要不擇手段。

　　「我聽說入侵者已到達萬象城，你知道是誰侵犯我族領土嗎？」狸百萬問。

　　「是四葉在學園認識的朋友，二郎、阿花和阿雪已去了捉拿他們。」狸太郎說。

　　「你和四葉的婚事勢在必行，不能讓他們節外生枝。二郎他們年紀還小，你親自出馬去解決入侵者吧。」狸百萬已導致狸貓族損失慘重，他不容許在自己的統治下再出現差錯。

　　萬象城內的氣氛由歡騰轉變為緊張，卡爾等人入侵的消息已傳開，城內多了大量狸貓士兵**四處巡邏**。

　　「雖說這裡是狸貓的地盤，但這數量也太驚人了吧？」卡爾從後巷探頭張望，慶祝的狸貓全部不見蹤影，取而代之的是步伐整齊一致的士兵。

「他們胖胖的真的很可愛啊……如果有帶相機來就好了。」迦南說。

「應該說詭異才對，這城鎮根本沒有這麼多房屋，根本住不下這麼多胖狸貓。」約娜發現了萬象城的秘密。

「你的意思是？」迦南和卡爾異口同聲問。

「你們不知道狸貓的拿手絕活是什麼嗎？」約娜對正在搖頭的兩位學長學姐的無知感到錯愕。

「是變化法術呀！只要有葉子在手，他們就能變出萬千事物。」約娜拾起地上樹葉說。

「好像很厲害呢……可以無限變出烤豬嗎？」卡爾流得一地口水。

「又可愛又厲害，好想養一隻當寵物呀。」迦南把他們當成人界的小狸貓。

　　「我快被你們激死了⋯⋯我的意思是我們很有可能被騙了，這裡根本沒有這麼多狸貓，他們都是用**樹葉變出來的假象**。這就能解釋為什麼無論去到哪裡都有大量士兵，亦能解釋為什麼箭雨迎面而來，卻只有一支擊中了卡爾。」吸血鬼約娜精準的推測有如高材生安德魯一樣，彌補了這組合的不足之處。

「啊！難怪我吃了那麼多水果肚子也在叫，原來是假的！」卡爾**恍然大悟**。

「但是……狸貓們為什麼要用法術欺騙大家呢？他們不是富有的名門望族嗎？」迦南問。

「這一層我也不清楚，但相信和這次婚約有莫大關係，既然胖狸貓們不惜以法術製造人多勢眾的假象，我相信真正存在的敵軍並不多，我們有能力正面突破。」約娜凝神貫注思考作戰策略。

「真像……」迦南感覺在約娜身上看到安德魯的影子。

「什麼？」約娜問。

「沒……沒什麼，依你所說我們更應該盡快行動，我愈來愈擔心四葉的處境了。」迦南集中精神，就算敵人比眼見的數量少，狸貓族的變化法術還是一種**高深莫測**的法術。

既然如此，那就讓我來大鬧一場吧！吼！

卡爾展現出人狼壯健的身軀。

「在那邊！」狼嚎驚動了狸貓士兵的注意，後巷中巨大的身影跳到他們面前。

「讓我看看有多少肥美的狸貓想進我的肚子裡！」人狼卡爾面前的狸貓有如看到大灰狼的三隻小豬。

「**投降了！** 求求你別吃我……」變化法術被嚇得自動解除，守住這條街的狸貓其實只有一個。

「卡爾，不要依靠眼睛，變化法術是看不穿的，而且它有催眠功效，如果你看著分身刺傷你，身體一樣會受到傷害。」約娜解釋著說。

「要蒙著眼睛作戰嗎？這樣很不方便啊。」卡爾不明所以。

「不，重點不在看見與看不見，而是信念，不被變化迷惑的信念。」約娜說。

「真複雜……總之我把敵人全部打倒就行了吧？」卡爾**磨拳擦掌**，前往萬象寶塔的去路已被狸貓大軍看守住，狸貓三兄妹更在大軍後方壓陣。

「可以這樣總結吧……」約娜發現要讓卡爾動腦筋，不如放手由他**自由發揮**。

「那我們就從後支援吧，上級颱風魔法。」迦南翻開魔法書，手鐲已變成魔法弓箭形態。

「就這樣決定吧。」約娜擔任了這個三人小隊的指揮官，她開始覺得參與這東方之旅是不錯的決定。

魔法箭射中的地方捲起了強烈颱風，施展變化法術的狸貓難以兼顧防守和法術，大量士兵變回了葉子，這樣卡爾就能更集中力量對付真正存在的狸貓士兵。

「抓到一隻了。」卡爾跳躍到敵陣中央，把一隻胖狸貓按壓地上。

「進攻！對方只有三人，我們是不會怕你的，**火龍變化**！」狸二郎不畏強敵，以葉子變化出火龍。

「吼！年
紀輕輕，鬥志
可嘉呢。」卡爾一
聲狼嚎已足夠把火龍吹散，
狸二郎和卡爾之間的作戰經驗差距太大了。

　　其他狸貓士兵為了成就狸太郎的婚事也豁
出去，努力把手中長矛刺向卡爾。為了帶四葉
回家，卡爾也絲毫不肯退讓，任刀槍在他身上
劃過，把一個又一個敵人擊倒。

「**這就是愛情的魔力嗎？**卡爾和剛才相比判若兩人呢。」約娜說。

「愛情的⋯⋯魔力。」說到愛情，迦南又不禁想起生死未卜的安德魯，就像看不見的傷口，一不留神又會觸及痛處。

「狸花、狸雪，我們絕對不能讓他破壞大哥的婚事，絕不能讓他接近萬象寶塔。」士兵門已全被卡爾擊敗，唯有狸貓三兄妹還在堅守陣地。

「知道！」狸花和狸雪握住所餘無幾的樹葉，不願放棄的表情教人看著也心痛。

夠了！你們這三個豆釘。

　　卡爾快如閃電搶去三人手中的樹葉，在各人頭頂輕輕敲打了一下。

　　「要上戰場的還未輪到你們，明明還只是個小孩子卻**急於逞強**。」三隻小狸貓聽著狼人大哥哥的訓斥，卡爾少有露出像個哥哥的模樣。

　　「嗚……我真沒用。」狸二郎流下不甘心的眼淚，但他明白如果這是真實的戰場，有勇無謀的他已害死了自己和兩個妹妹。

你才不是沒用，我也有三個年紀和你們相若的弟弟妹妹，但他們卻遠遠不及你們勇敢⋯⋯真想有機會介紹你們互相認識呢。

　　「二哥⋯⋯怎算好？人狼大哥哥不像是壞人啊。」狸花哭著說。

　　「對啊，他的手掌很暖很舒服。」狸雪也跟著哭了起來。

　　「看來我們可以順利進入萬象城了呢。」迦南本來也擔心要傷害這三個小孩，卡爾成熟的處理手法避免了不必要的戰鬥。

「不，還未可以……敵方大將親自出馬了。」約娜擅長的靜止魔法是影響空間的魔法，這一點和變化法術有相似的地方，所以她很快便察覺在這空間裡多了一個魔力驚人的對手。

「勞煩你照顧我的弟弟妹妹了，你說得沒錯，戰場還未是他們該踏足的地方。」狂風捲起落葉，狸太郎來到萬象寶塔前。

「你就是想搶走我未婚妻的人嗎？先旨聲明，不是我弄哭他們的呀。」卡爾看著狸太郎，感覺到他身上和其他狸貓截然不同的氣勢和魔力。

「正確，對付你不應該**假手於人**，因為我們都是喜歡四葉的人。」狸太郎手執樹葉，準備施展狸貓變化術。

「迦南、約娜，你們別插手，這是男子漢之間的戰鬥。」卡爾嚴陣以待，狼人和狸貓的對決正式展開。

第八章
男子漢之間的戰鬥

　　前往萬象寶塔的唯一一條路上，狸太郎親自迎戰入侵者，卡爾決定和他**單打獨鬥**，這一場是兩個男人為捍衛愛情而打的戰鬥。

　　「鐵碎狼爪！」近戰搏擊人狼有絕對優勢。

　　狼爪劃破大地，卡爾的每一擊也沒有手下留情，但是他的攻擊撕破的只有樹葉變化出的替身，轉眼之間狸太郎由一個變成兩個，兩個變成四個，四個再變成八個。

　　「呵，以為多幾個分身就會有用嗎？吼！」卡爾一聲怒吼，想**重施故技**吹散葉子分身。

　　「這不是普通分身法術，你已被困在我的掌心之中。」但狸太郎的分身沒有被吹散，十六個狸太郎包圍著卡爾。

「現在投降的話我可以放你一馬，你們只要在牢房等待我和四葉的婚禮結束就能離開。」狸太郎分身扔出鎖鏈綁住卡爾的手腳。

　　「你休想，在我和四葉見面前，你別妄想能娶四葉為妻。」卡爾掙脫不了束縛，這些鎖鏈和分身一樣也是葉子變化成的幻象。

　　「那就只能讓你受更多皮肉之苦了，雷鳴召來！」雷電隨鐵鏈襲向卡爾，狸太郎想以此強行制服卡爾。

「卡爾！」迦南想以魔法弓箭為卡爾解圍。

你們別出手，這點小痛楚和四葉所受的相比，算不上什麼！

卡爾醒悟到四葉一個人離鄉背井，為他走到陌生的環境，還屢次在**黑魔法派**手上死裡逃生，但四葉從未在卡爾面前抱怨過。

如果我在這裡倒下，就不配和四葉結成夫妻！

然而這麼堅強的四葉，卻因為卡爾的說話落淚。

卡爾結實的肌肉撐破鐵鏈，無視電流的他飛撲擒下兩個狸太郎分身。

「你變多少個，我就殺多少個！」戰意高昂的卡爾再下一城，快如閃電的他接連把分身撲殺。

「**戰鬥形**變化術，鋼鐵狸貓戰甲。」狸太郎知道近戰在所難免，變化出可攻可守的重型戰甲包裹自己。

「鐵碎雙狼爪！」卡爾飛躍半空，從上而下的兩爪狠狠抓在鋼鐵狸貓的肚皮上。

我也有不能退讓的理由！

為了族人的安全，狸太郎不能讓婚事告吹，不能敗在四葉深愛的人手上。

鋼鐵重拳連擊在卡爾身上，**口吐鮮血**的卡爾不理傷勢，雙腳有如鐵釘插地，不後退的同時揮舞兩爪還擊。

「卡爾，記住，要破解變化術，靠的是信

念，只要你的信念夠強，就連精鋼也能打破！」
不能出手相助，但約娜能口傳破敵的心法，卡
爾面對的不是戰鬥力的比併，而是信念的比併。

「**水果炸彈！**」鋼鐵狸貓肚子裝甲
打開，落下數個炸彈滾到卡爾腳邊。

「好痛！實在令人難以相信這是變化出來
的假象……」無論是鐵拳還是炸彈，都令卡爾
感受到深刻的痛楚。

「為什麼還不倒下？這人狼是擁有不死之
身嗎？」任狸太郎怎樣攻擊，卡爾還是一邊再
生復原，一邊咬實牙關反擊，近距離的壓迫感
令狸太郎開始感到畏懼。

然而在信念之間的比併，誰先感到畏懼，
誰就會敗退。

「臭狸貓，被我抓到的話我一定要把你煎
皮拆骨……」狸太郎的攻擊漸見疲弱，卡爾開
始能一步一步迫近鋼鐵狸貓。

「不可能⋯⋯我為了能配得上四葉，從小就日以繼夜不停鍛煉，我的狸貓變化術怎會敵不過這人狼？」狸太郎的鋼鐵鎧甲被卡爾逐一剝開，人狼的眼睛已盯上了他。

是男人就不該躲在鎧甲背後，什麼變化什麼法術⋯⋯要保護女人就得靠自己的雙手！

哥哥！

卡爾徹底破解了狸太郎的法術，靠的不是高深理論，而是對四葉的思念產生的幹勁。

　　「是你輸了。」卡爾近距離大爪一揮，本來可以重創狸太郎，但是他選擇收起利爪把手放在狸太郎肩膀上。

　　「成功了，雖然有點亂來，但這證明了你的信念有多強大。」勝負已分，迦南為卡爾使出了治療魔法，就算人狼的**再生能力**有多強，這樣勉強身體承受傷害，依然是危險又不智的事。

　　「狸貓變化術實在令我大開眼界，看來東方妖魔有很多值得我學習的地方呢。」本已對魔法甚有興趣的約娜，現在被法術深深吸引。

狸太郎身體絲毫無損，反觀卡爾卻滿目瘡痍。

你⋯⋯為什麼就此停手？

因為我也是別人的哥哥。

卡爾鬆了一口氣，三隻含淚的小狸貓飛奔抱緊狸太郎。

「看來我不只技不如你，就連器量也不如你大，四葉真的很有眼光。」狸太郎輸得心悅誠服。

「**願賭服輸**，現在你肯帶我們見四葉了吧？」約娜心想這次旅程也該圓滿結束了。

「四葉身處在萬象寶塔頂，我來為幾位帶路吧。」狸太郎也不再**強人所難**，四葉能找到像卡爾這樣的歸宿，身為同樣喜歡四葉的人，狸太郎也替四葉高興。

但狸貓和妖狐兩族通婚關係到狸貓族生死存亡，就算狸太郎肯放棄，也不代表事情就此結束，因為現在狸貓族的族主還未是狸太郎。

　　萬象寶塔內失去了的光彩，東方五重塔的建築結構也徹底消失，取而代之的，是扭曲凌亂，樓梯倒置不知會通往何處的異空間。

　　「雖然是變化出來，但我以為塔的內部會正正常常呢……」約娜看得頭暈眼花。

　　「不，萬象寶塔原本不是這樣的，看來父親大人已知道我想取消這婚事了。」狸太郎感到不妙，論變化術的修為，狸百萬是魔幻世界首屈一指的大師。

　　「爸爸憤怒了，他發怒時很可怕的……」狸二郎、狸花和狸雪也縮到哥哥身後。

　　「要帶四葉離開恐怕還要過城主這一關呢，那些變化出來的士兵正對我們虎視眈眈。」迦南拿起魔法弓箭，這已不是卡爾和狸太郎的男子對

決，而是拯救公主逃出魔王掌心的救援任務。

「狸太郎啊……你令我太失望了，我本以為你是我族最優秀的繼承者，以為你會帶領狸貓族**重振雄風**，可惜你竟為了個人榮辱，放棄和妖狐公主的婚事。」狸百萬的聲音響遍高塔，但眾人只能從底層看到高處一團狸貓身形般的黑煙，和被黑煙包圍戴著白狐狸面具的四葉。

「喂！狸貓城主！你兒子已決定不娶四葉了，你**別再強迫**年輕人跟你意思去辦，我還有話要對四葉說，你速速放人，別再這麼多廢話！」卡爾不懼眼前惡劣的處境，這次包圍他們的變化士兵全都戴上鬼面具，而且裝甲更加厚重。

「小人狼不知天高地厚，在老夫面前你們全部都是乳臭未乾的小毛孩，自己作決定？這裡什麼時候輪到你們作決定了？」狸百萬的魔

力籠罩萬象寶塔整個內部，和狸太郎相比差天
共地。

　　「看來不痛扁他一頓，他也不會交出四
葉。」卡爾鬆一鬆筋骨，準備殺上塔頂挑戰萬
象城的主人。

　　「人狼，請你稍等一下，我給你施展樹葉
變化法術，這樣能增強你的防禦力，抵抗我父
親的法術。」狸太郎在卡爾身上施展變化，鮮
紅色的**武者鎧甲**加諸到狼人身軀上。

兩族的婚事絕不能取消，既然狸太郎你要違反我的命令，我只好把你監禁起來，再用葉子做一個分身來完成婚事吧……

至於其他人，為免這秘密外泄，只好在監獄渡過餘生了。

　　狸百萬為求達到目的，已不顧父子之情。

　　「從欺騙四葉開始，我就已經做錯，不值得擁有這美好的新娘，為了**彌補過失**，我一定要讓四葉和你們平安離開。」狸太郎再次裝著起鋼鐵狸貓戰甲，但這一次他和卡爾站在同一陣線。

「四葉是我情同姊妹的好朋友，我不會讓他得逞的。」迦南站到卡爾和狸太郎身邊，全力釋放她的金黃魔力。

「原來你和四葉一樣，是**金黃魔力**的持有者。」狸太郎現在才知道，在這裡還有一位強大戰力，立即為迦南變化出一身適合弓箭手的藍色輕便鎧甲。

「你們就待在我附近，不要為哥哥姐姐增加負擔。」約娜不是擅長戰鬥的吸血鬼，但有靜止魔法這絕技在手，就

能確保自己和狸貓三兄妹的安全。

「要上了，迦南掩護我！」卡爾一躍而起，想一層一層跳到黑煙所在的位置。

「放心交給我吧！」迦南以連發光箭解決想阻攔卡爾的鬼面士兵。

「**鋼鐵十字槍**，狸貓武士隊。」狸太郎跟著卡爾向上進發，同時變化出自己的部長，迎戰父親的鬼面士兵。

鬼面士兵被擊破後鎧甲還釋放出黑煙，這是狸百萬的變化和狸太郎不同的地方，鬼面士兵的戰鬥力更強、更兇惡。

「上級雷電魔法，**奔雷魔法箭**！」迦南射出的雷箭能連續攻擊幾個目標。

「四葉！我現在就來救你，你快醒一醒吧！」卡爾撕破被麻痺的鬼面士兵。

「四葉戴著的面具
有洗腦功效，當白色的
面具完全變成黑色，
四葉就會變成只聽從
我父親命令的傀儡。」
狸太郎守護因攻擊已露
出破綻的卡爾，十多個
鬼面士兵轉眼已鎧甲盡
碎。

　　但沒有鎧甲，戴著鬼
面具的黑煙還保持人形進
攻，這些黑煙有如狸百萬的
分身，纏繞狸太郎和卡爾，為
狸百萬爭取時間去染黑白狐狸
面具。
　　「竟然想奪去四葉的自由，不可
饒恕！」

卡爾**怒火中燒**，但他和四葉所在的高處還有一段單靠跳躍難以到達的距離。

「已經染黑了三分之一，時間無多。你有信心能喚醒四葉嗎？」狸太郎問。

「我任何時候也是 **信心爆棚** 的。」卡爾的眼中現在就只有四葉。

「那就上吧！」狸太郎以鋼鐵狸貓大手當作卡爾的跳台，以他的力量幫助卡爾跳得更高更遠。

卡爾終於衝破黑煙飛躍到四葉眼前，他想取下四葉臉上的狐狸面具，但包圍四葉的黑煙狸百萬抓住了卡爾兩手，纏繞他的身軀。

「沒用的，很快她就會被我操縱，成為狸貓族的新娘。」狸百萬只要繼續攔阻卡爾，狐狸面具不用多久就會完全變成黑色，到時候就無人能阻止狸百萬的計劃。

四葉！你聽得到嗎？
我是卡爾，你的未婚
夫人狼卡爾！

卡爾總是不肯在人前大方承認這身份。卡
爾聲嘶力竭，任身上鎧甲被黑煙侵蝕溶化，也
繼續叫喊。

我不允許你嫁給別人
你有沒有聽清楚？

卡爾總是對四葉表現得愛理不理。
而卡爾的呼喊並非白費力氣，戴著面具的
四葉身體有了微微抖動。

對不起……我總是
把你的存在當是理所
當然，沒有體諒你為
我作出的付出。

每一頓消夜早餐背後，四葉都花了不少心機準備和學習，其實卡爾是知道的。

「我以為我們還年輕，距離我們真正成為夫婦還有很長時間⋯⋯我以為你會一直在我身邊。」

四葉臉上的面具停止了黑化，更出現了微細裂痕。

「閉嘴，別再說下去！」狸百萬徹底粉碎卡爾身上的鎧甲，黑煙直接侵蝕他的身體。

「**不要離開我**，我希望我們會一起長大，然後一起步入教堂，如果你還願意的話……」卡爾真情剖白，他和四葉還很年輕，而未來亦充滿變數，卡爾不希望婚約會剝奪四葉的自由，他希望在成長到結為夫婦的路上，四葉會陪著他**自由自在地奔跑**。

自由是寶貴的，無論是對成長，還是對愛情。狸百萬想剝奪四葉的自由，這是不可饒恕的，就算背後有保家衛國、復興種族等原因，對與錯的價值觀也不會因此而改變。

狐狸面具**崩毀破碎**，四葉眼下流著幸福的淚水，臉上掛著幸福的笑容，卡爾的真心，打破了洗腦用的法術道具。

「為什麼你們都要和我作對……全部都不肯犧牲個人利益，讓狸貓族重新變得壯大？你們這班年輕小鬼真的令我很生氣！」狸百萬老羞成怒，黑煙像是要吞噬卡爾和四葉。

「**靠犧牲換來的力量，並不會帶來和平**，我所認識的人並不會允許這種犧牲。」迦南射出的金光魔箭衝破了黑煙，把卡爾的束縛解開。

安德魯和安古蘭，兩人為了魔幻世界的和平作出了重大犧牲，他們不是為了得到力量，不是為了威嚇他人，更不曾剝奪別人的利益，這才稱得上是犧牲。

◆第十章◆
決戰萬象寶塔・下

　　迦南射出的光箭拯救了卡爾和四葉，計劃失敗的狸百萬怒火中燒，所有鬼面士兵都變回樹葉，而那些黑煙全部回到了狸百萬身上。

　　「這高塔不太對勁呢，四葉你身體有受傷吧？**會頭暈嗎？肚子餓嗎？**」卡爾緊張地替四葉檢查傷勢。

　　「唉呀，你這樣我會害羞的。萬象寶塔是靠狸貓變化術支撐的，看狸百萬失常的樣子恐怕已維持不了法術，這高塔快要倒塌了。」四葉看著破裂的四週環境說。

　　「那事不宜遲，快上來，我背你離開。」卡爾蹲下說。

「你為什麼突然這麼反常啦？我自己走就可以了。」四葉對卡爾突如其來的熱情感覺陌生。

不喜歡背嗎？那我抱你吧？像安德魯抱迦南那種抱法好嗎？

「不用了！你這樣很古怪呀！」四葉一躍而下，不想卡爾看到她**紅卜卜**的臉蛋。

「四葉，你沒事就好了。」迦南立即前去抱著四葉。

「要大家擔心了，是卡爾迫你們陪他來找

我的吧？這傢伙真會麻煩別人！」四葉其實感到很高興，因為卡爾並非不在乎她的離去。

「四葉，我要跟你道歉，是我和我父親的自私決定，連累你和你的朋友受罪。」鋼鐵鎧甲下的狸太郎說。

「不要再道歉啦，若沒有這經歷，卡爾可能等我老了也不會表白。」聽到卡爾的真心話後，四葉心情大好，不再向狸太郎追究。

「阻幾位一下，那黑煙愈來愈不妥，加上萬象寶塔正在崩塌，我們還是先離開再說吧。」約娜看著高處，狸百萬把其他**黑煙**全部吸收，形成更大的黑煙狸貓。

「來！坐在我背上！」卡爾再變成大狼，準備全力開跑。四葉、迦南和約娜坐到卡爾背上。

「二郎、狸花、狸雪。」鋼鐵狸貓戰甲打開肚皮裝甲，好讓三個小狸貓藏身在內。

「誰也休想離開！」黑煙大狸貓跳落底層，兩手伸長想捉著逃走的眾人。

狸太郎以水果炸彈率先為卡爾他們開路，卡爾全力奔跑，而黑煙魔爪已逐漸迫近。

「靜止魔法！」幸好約娜及時把魔爪停下。

眾人及時在萬象寶塔**徹底倒塌**前逃出生天，歷史悠久的萬象寶塔最終變成頹垣敗瓦，變化法術無法掩飾**結構崩壞**的事實，要重振狸貓族不能單靠變化法術。

「結束了嗎？」卡爾回頭問。

「不……那黑煙還未消散。」約娜看到從廢墟中冒起的黑煙又再以狸貓姿勢向他們迫近。

「我有辦法驅散這黑煙，但單靠我一人的魔力並不足夠，四葉你能助我一臂之力嗎？」迦南擺好拉弓弦的姿勢，全力聚集於金黃魔法弓箭上。

「來結束這變化多端的旅程吧。」四葉雙手握住迦南拉著弓箭的手，到自己的金黃魔力加入箭中。

「不要逃跑……我所做的一切，都是為了狸貓們……」黑煙大狸貓從後趕上。

滿載金黃魔力的光箭直射入黑煙中心，只有光明能把黑暗驅散，黑煙在夜空散去只留下點點螢火之光，還有解除了所有變化的狸百萬。

「失敗了……我沒法保護狸貓們，沒資格當城主……」狸百萬低頭落淚。

「不，你為了保護城中的族人傾盡全力，有這樣的城主，是狸貓們的幸運……只可惜你用錯了方法。」四葉走近狸百萬。

「用錯方法？」狸百萬抬起頭問。

「就算不通過婚事，我們妖狐族也會願意

和站在和平這一方的狸貓族結成同盟，而且你們的變化法術實在令我**大開眼界**，相信兩族結盟對雙方一定會有很多好處。」四葉扶起了狸百萬。

「四葉……」解除了鎧甲的狸太郎和三兄妹也報以感激的眼神。

「不愧是我的未婚妻，竟聰明得能想出這一箭雙雕的解決方法。」卡爾沾沾自喜說。

「**應該是一石二鳥或一舉兩得**才對吧……」約娜輕聲說。

「大哥，既然不用和四葉姐結婚了，那你終於可以解除變化法術啦。」狸二郎說。

「變化法術？還有什麼變化法術？」四葉問。

狸太郎的美男外貌其實是變化出來的，狸貓族全都是圓碌碌的胖子，又怎會走出一個高挑瘦削的**花美男**呢。

　　就算得到妖狐族幫助，狸貓族要變得像從前繁榮安定，也不是**一時三刻**能辦到的事，但這同盟的出現，絕對是對東方魔幻世界有很大影響力的事。

　　三分天下的局勢將會在不久將來有所改

變，而沒有加入大國的種族，能依靠的就只有同盟的力量。

翌日，四葉和卡爾先行離開了萬象城，而迦南和約娜則決定留在這裡多一兩天。

「卡爾和四葉能和好，實在太好了……」迦南一個人在湖邊看著月亮自言自語。

「他們將來一定會是對幸福的夫妻，你說對嗎？」迦南對著月亮說話，心底裡其實是在對安德魯說。

「如果我也會變化法術，就算只是一陣子也好……」眼淚不禁從迦南臉上落下。

「**想見你……好想見你**。」如果能變化，迦南此刻最想變一個安德魯出來抱緊她。但若然安德魯已不幸喪命，變化出假象又有何意思？

「迦南，你一個人在這裡想什麼？」狸太郎剛巧路過。

「沒……沒什麼，在想為何你們的變化術這麼像真罷了。」迦南趕緊**拭去眼淚**，隨便作一個理由和狸太郎搭話。

狸貓族的變化法術自古以來已很厲害，不過……自從那個黑洞突然在萬象森林出現後，不知是不是這土地吸收了它散發的魔光，狸貓們使用變化法術時，比過去更得心應手。

黑洞？魔光？

　　「對，是在前陣子
發生的，有個向週圍射
出紫黑魔力的黑洞突然出現，摧殘了那一帶的
樹木，幸好沒有傷及無辜……」狸太郎帶著迦
南去事發地點。

　　「這裡……人呢，有沒有人在這裡出現
過？」從這地方的損毀情況加上狸太郎的描述，
迦南相信這裡就是當時**安德魯**所使出的黑洞
魔法吸收轉移到的地方。

　　「我們不敢貿然接近，待幾天後魔力完
全消退時才來視察，但那時候這裡一個人也沒
有。」狸太郎說。

「不會錯……一定是這裡。」迦南雖然找到黑洞轉移的地方，問題是她思念的人並不在這裡。

「雖然當時我們沒有發現任何人的跡象……但奇怪的是我們在附近一帶發現了一些不像是魔幻世界的**車軌痕跡**，而是像人界重型車輛留下的。」狸太郎的說話雖不能確定安德魯還活著，但最起碼提供了黑洞轉移的線索。

另一邊廂的四葉和卡爾，之所以提早離開萬象城，原來是要趕到鄰近的妖狐山莊去。因為卡爾終於下定決心，鼓起勇氣去拜訪四葉的父母。經過萬象城這趟旅程，相信這對歡喜冤家將會過得**更親密，更吵鬧**。

我的 吸血鬼同學

VOL.11 第二季 隆重登場!!

迦南的全新冒險在東方學園展開,
唐三藏、孫悟空、牛魔王等家喻戶曉的角色
原來真實存在!

安德魯大難不死,但受嗜血魔咒影響的他
無法回到迦南身邊,要回復正常,安德魯
唯有作出艱難的抉擇!

更精彩、更刺激、更浩瀚的魔幻旅程, 2021年10月正式展開!

可能是坊間唯一一本小朋友自願做的練習

配合自己的程度……

越級或降級挑戰也可以啊！

P5-P6　高階

練習目標：整合文意繼而分析及批判
思考 消化後能舉一反三引伸獨到見解

全套六冊 每本 $88
2021 年　書展出版

神探 包青天

除了長期拿取三甲的《童話夢工場》之外，創造館出品必屬佳品的
「公主」系列的，還有兩本超新星——《推理七公主》及《公主訓練班》！

公主訓練班

創造館
童書

本地實力作家
屬於香港小朋

時間證明一切，口碑銷量俱佳。

畫家聯手原創
友的成長讀物

題材豐富廣泛，總有你的選擇。

我的吸血鬼同學

創作繪畫	余遠鍠
故事文字	陳四月
策劃	YUYI
編輯	小尾
設計	siuhung
實景	張耀東
製作	知識館叢書
出版	創造館
	CREATION CABIN LTD.
	荃灣美環街 1-6 號時貿中心 6 樓 4 室
電話	3158 0918
發行	泛華發行代理有限公司
	香港新界將軍澳工業邨駿昌街七號二樓
印刷	美雅印刷製本有限公司
出版日期	2021 年 7 月
ISBN	978-988-75064-9-2
定價	$68
聯絡人	creationcabinhk@gmail.com